LA GENESI

Tiamat e il Signore del Sogno

Leonardo Massi

Youcanprint *Self-Publishing*

Titolo | La Genesi – Tiamat e il Signore del Sogno
Autore | Leonardo Massi

ISBN | 978-88-91181-13-8

Youcanprint Self-Publishing
Via Roma, 73 – 73039 Tricase (LE) – Italy
www.youcanprint.it
info@youcanprint.it
Facebook: facebook.com/youcanprint.it
Twitter: twitter.com/youcanprintit

INDICE

INTRODUZIONE

L'irrequietudine del tutto, e il forte odore della creazione. Il sorgere degli Dèi, la creazione del mondo, la nascita dell'uomo, il Diluvio Universale. L'indifferenza dei grandi Dèi, gli Annunaki, le rivendicazioni dei piccoli Dèi, gli Igigu, l'immensità di Tiamat, la potenza di Marduk, la saggezza di Enki, la fatica degli uomini e la nascita di un nuovo regno con il suo Signore. Il Signore del Sogno.

La genesi attraverso la mitologia Sumero-Akkadica, Babilonese e Ittita, integrata in una prospettiva unitaria dai sumeri a oggi. Una prospettiva adatta al presente di oggi e allo stesso tempo adatta al presente di ieri. Adatta ad un qualsiasi presente. Mantenendo il tono e le traduzioni originali, integrando le une con le altre, trasformando e dirigendo il tutto in una lettura originale. Aggiungendo ciò che mancava. Questa è La Genesi.

Il presente scritto è uno studio/narrazione sulla mitologia del Vicino Oriente Antico. E' una riproposizione delle più importanti saghe mitologiche del Vicino Oriente, e allo stesso tempo è una particolarissima storia da ascoltare. Mi spiego meglio. La struttura dello scritto è basata sull'unione di più differenti narrazioni mitologiche vicino orientali, dalla mitologia sumero-akkadica, difficilmente districabili, a quelle più recenti ittite e babilonesi, dall' Atrahasis all'Enuma Elish, da riferimenti mitologici prettamente ittiti e hurriti all'epopea di Gilgamesh. Si va quindi dalla fine del IV mill. avanti Cristo al I mill. avanti Cristo. Le varie mitologie sono sapientemente collegate le une alle altre producendo un racconto mitologico dalla forte unità narrativa e da un incessante ritmo sincopato dato dal mantenimento dello stile quanto più fedele possibile ai testi originari. Questa solida unità narrativa e compositiva è stata filtrata attraverso una lettura moderna e allo stesso tempo conforme al misticismo antico. Una narrazione per molti aspetti simile al misticismo zen e buddista così come al misticismo di alcune forme primigenie di cristianesimo, come per esempio quella rifacentesi al vangelo di Giuda. In questa intelaiatura si snodano le vicende seguendo un unico filo conduttore. La creazione, gli Dèi, gli scontri, l'essere, l'Uomo, il Diluvio Universale. Un racconto mitologico che ha nelle sue genesi originarie evidenti basi eziologiche.

Questo srotolarsi di avvenimenti mitici assurge al genere di romanzo sia per la suddetta unità narrativa che non ha ovviamente nessun riscontro nei testi antichi (seppur essi vengono fedelmente seguiti), sia per il personale contributo dell'autore che si concretizza in una visione dove olismo e solipsismo si confondono nella nebbia del misticismo, e sia per l'introduzione di una nuova figura, il Signore del Sogno. È con lui che si crea una nuova ontologia in cui il regno dell'Uomo assurge ad una nuova mistica e materiale contingenza.

Questa narrazione era precedentemente uscita in appendice ad un romanzo umoristico, di cui completava in certo qual modo una lettura euristica di significato del reale al fine (in quel caso in senso velatamente ironico, ma non troppo). In quel contesto "La Genesi" costituiva una certa integrazione, o meglio ancora, il parallelo del romanzo umoristico vero e proprio; successivamente si pubblicò la versione e-book di "La Genesi" per proprio conto. Il romanzo umoristico in questione è "Binescu. La Sfiga e Nicolae Dumistrescu", pubblicato nel 2014 e codice ISBN: 9788891142757. Il romanzo umoristico era stato scritto nel 2013 mentre la qua presentata "La Genesi" fu scritta ai tempi del mio dottorato di ricerca in Civiltà Antiche, dottorato strettamente contiguo alla mia prima laurea in Ittitologia (entrambi i titoli di studio ottenuti presso l'Università di Firenze) e quindi tra il 2006 ed il 2008.

1

Dal verbo degli Dèi questo si tramanda di ciò che è stato.

Quando in alto il cielo non aveva ancora un nome, e quando in basso la terra non era ancora chiamata per nome, solo Apsu il primo e Tiamat la madre erano e mescolavano insieme le loro acque: né terra era nella terra né cielo era nel cielo. E mentre nessuno degli Dèi era ancora apparso, essi non erano chiamati per nome né definiti da un destino. Apsu il primo, loro progenitore, e Tiamat la madre, generatrice per tutti loro, mescolavano le loro acque.

In Apsu-Tiamat alcuni Dèi furono creati: Lahmu e Lahamu apparvero e furono chiamati per nome; ma prima che furono divenuti grandi e forti furono creati Ansar e Kissar che erano a loro superiori. Ansar e Kissar quando ebbero prolungato i propri giorni e moltiplicato i propri anni crearono Anu: il primo che nacque e fu uguale ai suoi genitori. Come Ansar e Kissar avevano fatto simile a loro Anu, loro servo e signore, Anu uguale asécreò Ea-Enki. Ea-Enki: futuro ordinatore dei suoi genitori, di immenso intelletto, saggezza e forza, ben più potente del creatore di suo padre Ansar: non aveva uguali al confronto degli altri Dèi suoi fratelli.

Nell'Apsu-Tiamat altri Dèi furono creati ed Enki tra gli altri Dèi suoi fratelli non aveva eguali. Questi Dèi fratelli vagarono nell'Apsu-Tiamat scoprendone lo spazio e con il movimento ne scoprirono il tempo. Abbandonandosi al trambusto disturbarono Tiamat, con i loro moti turbarono l'interno della divina dimora. Apsu si contorceva senza riuscire a placarne il tumulto, tuttavia Tiamat restava impassibile davanti a loro: i loro modi le erano sgraditi e la loro condotta biasimevole, ma lei li risparmiava. Allora Apsu, il produttore dei grandi Dèi gli Annunaki, chiamò Tiamat con un altro nome: Mummu. E così creò Mummu e gli disse:

"Oh Mummu, mio servo e mio appagatore del mio me stesso, vieni con me; andiamo a trovare Tiamat."

E se ne andarono dunque. E seduti innanzi a Tiamat chiacchierarono e discussero a proposito degli Dèi da loro creati. Apsu aperto bocca alzò la voce e disse a Tiamat:

"La loro condotta non mi piace: di giorno non riposo, di notte non dormo! Voglio ridurli in nulla e abolire la loro attività affinché sia ristabilito il silenzio e il nulla, e che noi possiamo dormire!"

Al sentire ciò Tiamat si corrucciò, sentì che Apsu con le sue parole le aveva insinuato del male nel suo me stesso, ed essendosi arrabbiata a sua volta così guardò il suo sposo:

"Perché noi stessi distruggeremmo quello che abbiamo creato? La loro condotta è spiacevole? Pazientiamo con benevolenza!"

Mummu allora da epiteto di Tiamat sentì la sua rabbia, guardò attraverso Tiamat e al di là vide Apsu, colui che lo aveva chiamato per nome. Ed essendo suo paggio, ed essendo stato generato nell'Apsu-Tiamat ed non essendogli ancora stato affidato un destino così parlò rifiutando l'opinione della sua generatrice Tiamat per sentirsi padrone diséstesso, e così parlò:

"Fai cessare dunque, padre mio, quell'attività turbolenta affinché tu riposi di giorno e dorma di notte."

Apsu se ne rallegrò e i lineamenti del suo volto brillarono. Nel suo me stesso ordì male contro gli Dèi suoi figli. Circondò con il suo braccio la nuca di Mummu, il quale si sedette sulle sue ginocchia, e Apsu l'abbracciò. Nel loro stare parlarono, e tutto ciò che avevano ordito nel loro parlare fu riferito agli Dèi che vivevano in Apsu-Tiamat.

2

Le parole generatrici di Apsu e di Mummu riecheggiarono nell'Apsu-Tiamat, e vibrarono nel me stesso degli Dèi. Gli Dèi, i grandi Dèi Annunaki, si agitarono, poi si azzittirono e rimasero cheti. Di intelligenza superiore, ormai esperto dell'Apsu-Tiamat, astuto, Ea-Enki che tutto comprende intuì il piano di Apsu e di Mummu. Così Enki pensò e dispose il che fare davanti a se. Essendo Apsu in cerca del riposo, adottò contro Apsu il suo augusto sortilegio, il più forte, glielo recitò, ed essendo il sortilegio della quiete e del riposo, l'unico che Apsu avrebbe fatto entrare nel suo me stesso, così Apsu fece entrare nel suo me stesso il riposo. Così Enki lo fece riposare e Apsu fu pervaso dal sonno e si addormentò. Quando ebbe addormentato Apsu, Enki pervase di sonno anche il suo consigliere Mummu il quale al contrario di Apsu si oppose al sortilegio, ma la sua forza non era pari né a quella di Apsu né a quella di Enki; così non si addormentò ma fu troppo inebetito per opporsi al che fare che Enki aveva disposto innanzi a se. Ea staccò la fascia frontale di Apsu, e gli tolse la corona. Enki sottrasse il fulgore soprannaturale a Apsu e se ne rivestì lui stesso. Poi pronunciando la sua morte lo mise a morte, e rinchiuse Mummu sbarrando su di lui la porta. Stabilì allora su Apsu la sua abitazione, là creò il suo palazzo e ne divenne signore dell'Apsu. Lì stabilì le sale da cerimonia, lì stabilì il santuario dei destini, lì mise la cappella delle sorti, sempre là stabilì la sua camera nuziale dove Ea, con Damkina sua sposa, sedettero in maestà. Ed Enki si impadronì di Mummu che tenne a guinzaglio. E una volta che Enki-Ea tutto ebbe predisposto, nei suoi appartamenti, nel palazzo dell'Apsu, si riposò nella più totale calma.

3

In questo santuario dei destini, in questa cappella delle sorti fu procreato il più intelligente, il più potente; nel mezzo dell'Apsu Marduk fu messo al mondo. Lo mise al mondo Ea suo padre e lo partorì Damkina sua madre. Nell'Apsu succhiò da mammelle divine, la nutrice che lo toccò alla nascita lo rese ricco di una vitalità formidabile. La sua natura era esuberante, il suo sguardo fulminante. Fu ciò che era prima e che fu poi fin da subito, sin dalla sua nascita. Pieno di forza dal principio. Nel vederlo Anu, il progenitore di suo padre, si rallegrò, si illuminò ed ebbe il suo me stesso pieno di gioia. Quando l'ebbe ben guardato così disse:

"La sua divinità è sublime. Tutti gli altri Dèi lui li supera in tutto. Le sue forme sono incredibili. Impossibili ad immaginare, insopportabili a guardare. Quando muove le labbra il moto divampa in fuoco. Le sue orecchie in numero uguale ascoltano l'universo, i suoi occhi in numero uguale guardano l'universo. È il più alto degli Dèi, sovrastante per la sua statura; la sua struttura è grandiosa, è sovrastante per nascita. Mio figlio è un sole. Mio figlio è un sole, il vero sole degli Dèi. È circonfuso dallo splendore sovrannaturale, ne è sublimato e coronato. E sfavilli terrificanti sono accumulati in lui."

Anu creò allora e li mise nel mondo i quattro punti cardinali: il nord, il sud, l'est e l'ovest; Anu creò allora e mise al mondo i quattro venti che offrì a Marduk e così gli disse:

"Affinché mio figlio, tu, si diverta."

4

E Marduk guardò i doni del padre di suo padre, e nel presente che è futuro e passato egli fabbricò la polvere che fece portare dalla tempesta, e avendo provocato l'ondata disturbò Tiamat. Così disturbata Tiamat notte e giorno si agitava. E i suoi Dèi senza tregua vennero colpiti dai colpi di vento. Avendo dunque ordito del male nel loro me stesso, essi stessi si rivolsero a Tiamat, loro madre, e così dissero:

"Quando è stato messo a morte Apsu, tuo sposo, Tu non l'hai assistito, Tu sei restata zitta! E ora avendo Anu creato questi quattro venti terribili il tuo interno è fortemente disturbato, e noi non dormiamo più! Apsu tuo sposo non è più in te, né vi è più Mummu che fu incatenato: Tu resti dunque sola! Non sei nostra madre? Ed eccoti agitata in grande turbamento e noi non ci riposiamo! Tu dunque non ci ami più? Sui nostri letti i nostri occhi si sono prosciugati! Liberaci da questo giogo senza riposo, affinché noi possiamo dormire! Alzati in piedi contro di loro! Annientali, fa che ritornino nulla!"

Quando Tiamat li ascoltò, questo discorso le piacque e il suo me stesso ne gioì e così disse loro:

"Poiché voi stessi l'avete deciso insieme, creiamo tempeste!"

Ora altri Dèi erano venuti là dentro, che avevano concepito anch'essi il male nel loro me stesso contro gli Dèi loro progenie! In piedi, in cerchio accanto a Tiamat, furibondi complottavano senza sosta, notte e giorno, spingendosi al combattimento, battendo i piedi infuriati; tennero un consiglio per disporre il che fare davanti a loro e programmare la guerra. La madre Abisso che aveva formato ogni cosa, si preparò armi irresistibili, creò Lievatani giganti dai denti aguzzi e dalle zanne spietate, ne riempì il corpo non di linfa ma di veleno, e Lievatani feroci ai quali diede spaventoso aspetto e li circonfuse di splendore sovrannaturali, equiparandoli agli Dèi. E poi creò, e creò. Tutti brandivano armi spietate, senza tema del combattimento, i loro poteri erano smisurati ed essi irresistibili. In verità quegli undici erano tali e quali li fece! Dopo di ciò tra gli Dèi suoi figli che avevano tenuto consiglio con lei, ella esaltò Qingu, conferendogli tra loro il rango più alto e creò per lui il comando, la direzione, la condotta e l'autorità. Gli affidò tutto questo e lo insediò sul trono dicendogli:

"Ho proferito per te la formula e ti ho reso superiore nell'assemblea degli Dèi, ordinali! Sii il più grande, sii il mio unico sposo, che si esalti il tuo nome su tutti i grandi Dèi, gli Anunnaki!"

E gli rimise la tavoletta dei destini che fissò sul suo petto, e così gli disse:

"Aprendo soltanto la bocca spegnete il fuoco!"

Tiamat, avendo dunque esaltato le sue progenie, riunì l'esercito per la battaglia contro gli Dèi sua discendenza. Più di Apsu Tiamat si mostrò decisa. Ad Ea-Enki che dimorava nell'Apsu fu spiegato che Tiamat brandiva le sue milizie. Quando Ea apprese questo fatto, inizialmente senza muoversi, attonito, rimase sbalordito. Ma dopo aver riflettuto e calmata la sua rabbia, andò di persona davanti a suo nonno Ansar. Giunto in presenza di Ansar, padre del suo progenitore, ripeté anche a lui tutto ciò che Tiamat aveva ordito:

"Padre mio, Tiamat, nostra genitrice ci ha preso in odio. Freme con furia e i suoi Dèi al completo la circondano: anche tra quelli che avete creato alcuni sono passati dalla sua parte! In piedi in cerchio intorno a Tiamat furibondi complottano senza sosta, notte e giorno, aizzandosi al combattimento, battendo i piedi, arrabbiati hanno tenuto un consiglio per stendere innanzi a loro gli eventi, e la nostra madre-Abisso Tiamat ha steso innanzi a sé il che fare."

Quando Ansar ebbe appreso ciò, quando Ansar apprese delle disposizioni di Tiamat, quando Ansar ebbe appreso questo fatto molto inquietante, si batté la coscia e si morse le labbra: il suo me stesso era a disagio e il suo me inquieto. Ma alla vista di Ea, suo figlio, le sue preoccupazioni scomparvero e così parlò ad Enki:

"Tu stesso sii l'avversario nel combattimento: sostieni l'urto dell'azione che condurrà contro di te Tiamat. Tu hai incatenato Mammu, Tu hai messo Apsu a morte: dell'infuriata Tiamat dove trovare migliore antagonista? Tu che sei l'oracolo della saggezza e il consigliere degli Dèi."

Allora Ea aprì bocca e così disse:

"Ansar, dal me stesso profondo, che arresti il destino, che unico hai il potere di creare e di annientare. L'ordine che mi hai dato, io sul campo lo eseguirò."

5

Quando Ansar ebbe udito il discorso di Ea, gli piacque. Così Ea se ne andò tentando di scoprire gli eventi che Tiamat aveva posto innanzi a sé. Ma presto Enki tornò indietro e non ha potuto essere così il vendicatore degli Dèi, ed essendo andato a trovare Ansar così si rivolse a lui:

"Qingu, sposo di Tiamat, ha parlato alla tavola dei destini che ha sul petto, e ha portato il verbo su di me. Contro Qingu suo sposo chi affronterà in combattimento? Chi dunque avanzerà contro di lei e ridurrà al silenzio?

Ecco perché sono tornato indietro! Resta tuttavia Anu e la sua immensa potenza, invialo, o padre mio Ansar, al mio posto."

Ansar rivolse dunque queste parole ad Anu suo figlio:

"Anu, ecco a te l'arma soprannaturale dei campioni: il suo potere è prodigioso, irresistibile il suo attacco! Va dunque, tu stesso a pararti davanti a Tiamat affinché la sua anima sia placata e il suo me stesso rallegrato. Ma se Tiamat non vuole ascoltare le tue parole, scongiurala con un sortilegio: e si placherà!"

Dopo che ebbe udito l'invito di suo padre Ansar, Anu prese la strada, verso di Tiamat, la madre, diresse i suoi passi. Ma quando fu innanzi a Tiamat, Tiamat alzò la mano e Qingu proferì parola, così gli venne paura e tornò indietro. Ed essendo andato a trovare Ansar suo padre e creatore, egli si rivolse a lui:

"Tiamat ha alzato la mano e l'ha posata su di me, e Qingu ha proferito la parola sulla tavola dei destini e l'ha portata su di me. Chi dunque potrà affrontare Tiamat?"

Ansar, colpito, guardava verso terra. Scuotendo la testa rivolgeva cenni ad Enki-Ea. Ora anche gli Igigi, i piccoli Dèi, si trovavano radunati con gli Anunnaki, i grandi Dèi al completo. Le loro labbra erano chiuse e rimanevano muti. Non un dio voleva offrirsi, né uscire ad affrontare Tiamat. Il padre dei grandi Dèi, Ansar, il benevolente, il protettore universale, guardava verso terra, scuotendo la testa. Allora Ea avendo chiamato nel suo ritiro

Marduk, il campione, l'impaziente di combattere, gli spiegò il piano ardito nel suo me stesso:

"Marduk ascolta il consiglio di tuo padre. Tu figlio mio che gli diletti il me stesso, va incontro ad Ansar, avvicinati a lui, e ben vicino annunciati, resta in piedi: al vederti sarà rilassato!"

Alle parole di suo padre, Marduk si rallegrò. E avvicinandosi si portò di fronte ad Ansar. Ansar lo vide e si rallegrò. Marduk baciò le sue labbra e allontanò la sua ansietà:

"Padre, non chiudere ma apri le labbra: io parto per realizzare tutto quello che vuoi!"

E Ansar si rallegrò, e Marduk proseguì:

"Padre mio e progenitore, rallegrati e sii felice: va subito a calpestare di persona la nuca di Tiamat, figlia e madre tua."

"Parti dunque, figlio mio, esperto in tanta saggezza. Placa Tiamat con il tuo sortilegio augusto! Ma se non cede all'attacco torna indietro!"

Marduk si rallegrò del discorso di suo padre e con il suo me stesso in festa disse a lui:

"Signore degli Dèi, che fissi il destino dei grandi Dèi, se io vi devo vendicare, se devo sconfiggere Tiamat per salvarvi, tenete consiglio e proclamate per me un destino trascendente! Nella sala delle deliberazioni sedete lietamente insieme e fate si che, con una parola, in vostra vece, io fissi i destini: che nulla sia mutato di ciò che io disporrò. E che ogni ordine proferito dalle mie labbra rimanga irreversibile ed irrevocabile!"

Ansar allora aprì bocca e rivolse queste parole a Kaka suo paggio:

"Kaka, paggio mio che mi rallegri la vista, dopo Lahmu e Lahamu io ti delego, Tu che sai ben giudicare e che puoi discorrere! Fa venire davanti a me gli Dèi miei padri, che mi si porti anche gli Dèi al gran completo: tengano consiglio, prendano parte al banchetto, mangino il loro pane, bevano la loro birra. Stabiliscano il destino di Marduk, loro vendicatore! Va, parti o Kaka, e davanti ad essi, in piedi, ripeti loro tutto quello che ti ho detto qui."

6

Kaka partì e diresse i suoi passi verso Lahmu e Lahamu, gli Dèi suoi padri, davanti a loro si chinò, e baciò la terra, poi si alzò, e in piedi rivolse a loro ciò che sapeva. Quando Lahmu e Lahamu ebbero udito ciò lanciarono alte grida, e tutti gli Igigi esclamarono con asprezza:

"Che cosa abbiamo fatto di ostile perché abbia preso contro di noi tale decisione Tiamat nostra madre? Noi non conosciamo gli eventi innanzi a Tiamat!"

E così corsero a frotte per andare vicino ad Ansar. Tutti i grandi Dèi che fissano i destini. Giunti in presenza di Ansar, si riempirono di gioia e si abbracciarono l'un l'altro. Nella loro assemblea tennero consiglio e presero parte al banchetto: mangiarono il loro pane e bevvero la loro birra. Di dolce bevanda inebriante riempirono le loro canne per bere, sorbendo così la loro bevanda inebriante, si sentirono il corpo rilassato, senza la minima preoccupazione il loro me stesso era in allegria. Così stabilirono il destino per Marduk, e dissero a lui:

"Tu solo, Marduk, emergi tra i grandi Dèi! Il tuo destino è ineguagliato il tuo comando sovrano! D'ora innanzi irrevocabili saranno i tuoi ordini! Elevare e abbattere sarà il tuo potere! Si realizzerà ciò che esce dalla tua bocca. Nessuno tra gli Dèi oltrepasserà i limiti da te fissati! Ordina che le sette stelle e le tre costellazioni che abbiamo creato per te spariscano e ordina che riappaiano!"

Con una parola ordinò che le sette stelle e le tre costellazioni create dai grandi Dèi sparissero, ed esse sparirono. Poi ordinò che riapparissero, ed esse riapparsero.

Quando gli Dèi, suoi padri, ebbero constatato ciò lo salutarono con entusiasmo e gli conferirono l'Arma senza-pari che getta a terra i nemici:

"Parti dunque per tagliare la gola a Tiamat e che i venti portino il suo sangue in Segreta!"

Avendo così stabilito per Marduk il suo destino, gli Dèi suoi padri lo misero sulla strada del successo e della riuscita. Marduk preparò l'Arma definitiva che designò a sua arma. Si adornò il suo corpo con ardenti fiamme e prese con sé la rete, dono di suo nonno Anu, al fine di avvolgervi Tiamat, e affinché di lei nulla ne sfuggisse chiamò aséi quattro punti cardinali Nord, Sud, Est e Ovest e chiamò a sé i venti, le tempeste e i turbini. E avendo creato i venti irresistibili e devastatori, gli diede libero sfogo, e questi venti che aveva creato in numero di sette, essi si lanciarono dietro di lui per sconvolgere le viscere di Tiamat.

Poi Marduk sollevò Diluvio e salì sul carro della tempesta incontenibile, al quale fu dato da Marduk un tiro a quattro, e fu trainato da l'uccisore, da Spietato, dal carro-veloce e dal Volante; tutti e quattro dalla bocca spalancata, dal me stesso carico di veleno, ammaestrato a calpestare, che non conoscevano fatica. Poi Marduk chiamò alla sua destra il terrificante Corpo a Corpo in Combattimento e a sinistra la Battaglia che scaraventa a terra gli eserciti. Per armatura Marduk aveva l'armatura spaventosa e la sua testa era circondata da uno splendente splendore sovrannaturale: dritto davanti a sé Marduk prese dunque la direzione e si indirizzò dove si trovava Tiamat infuriata.

7

Tiamat aveva sulle labbra un sortilegio, e stringeva nel pugno una pianta antidoto per il veleno. Marduk studiava gli eventi posti innanzi a Tiamat e a Qingu suo sposo. Mirava a scoprire i piani, ma quando li ebbe visti la sua riflessione fu annebbiata, la sua volontà dissipata, sconvolta la capacità di agire! Così gli Dèi suoi padri e alleati, vedendo così il loro campione ne ebbero il loro me stesso turbato. Su di lui Tiamat proferì un sortilegio e dalle sue labbra, Tiamat l'essere primordiale, gli rivolse delle menzogne:

"Sebbene gli Dèi tuoi antenati e alleati hanno parlato in tuo favore, gli Dèi, quegli stessi Dèi, si rivoltano contro di te! È a loro vantaggio o al tuo che si sono riuniti?"

Ma Marduk avendo alzato diluvio, sua grande arma, mandò questo messaggio a Tiamat che a lui si accostava benevola:

"Perché ti comporti bene esteriormente, mentre il tuo me stesso medita di ingaggiare combattimento? Per la tua falsità i tuoi figli sono fuggiti, e ingannati i loro padri, e Tu, loro genitrice, Tu rifiuti ogni pietà! Contro Ansar, il vero signore degli Dèi, cerchi di fare male, e dimostri la tua malvagità contro gli Dèi miei padri! Che la tua armata si prepari, che Qingu si prepari, che combattiamo noi: io e te!"

Avendo udito ciò Tiamat colmò il suo me stesso con rabbia, si mise ad urlare con furia: in alto e in basso le sue estremità fremevano. Proferiva con parole i suoi incantesimi, mentre gli Dèi suoi combattenti affilavano loro stessi le armi. Essendosi dunque affrontati Tiamat e Marduk, si avvinghiarono nella lotta e si unirono fino a toccare il loro me stesso. Quanto tempo passò? Giorni passarono? Secoli? Anni? Passarono millenni? Nessuno sa, ma i loro urti rintronarono nel tempo, e lo scandirono! Ma Marduk spiegata la sua Rete ve la avviluppò, avvinghiandola in essa, e poi lanciò contro Tiamat il vento Devastante e quando Tiamat ebbe aperto la bocca per inghiottirlo, Marduk vi riversò in essa il vento maligno per impedirle di chiudere la bocca. Tutti i venti allora con furia le riempirono il ventre: così che il suo corpo fu gonfiato e la sua bocca rimase larga e aperta, allora Marduk lanciò la sua Freccia, e le lacerò il torace e dividendole il corpo a metà, e le aprì il ventre, così Marduk trionfò su Tiamat ponendo termine alla sua vita; poi ne gettò a terra il cadavere e vi si mise in piedi.

8

Quando Marduk pose termine alla vita di Tiamat gli Dèi suoi alleati, spaventati e tremanti, indietreggiarono, e fuggirono per salvarsi la vita. Ma da ogni parte erano accerchiati. Marduk il potente li circondò dunque, e bruciò le loro armi, gettati nella rete, immobilizzati, pieni di gemiti subirono il castigo e detenuti nelle prigioni. In quanto a quelle undici creature, quelle circondate di spavento, corte diabolica che l'avevano accompagnata, mise loro il guinzaglio e ne calpestò la bellicosità. Quanto a Qingu, infine, che tra tutti loro era stato elevato, lo abbatté e ne fece un dio morto. Gli tolse la tavola dei destini e la fissò sul proprio petto. Quando ciò ebbe fatto se ne tornò dunque da Tiamat e salito sulla parte inferiore di Tiamat ne tagliò dall'interno i condotti del suo sangue, che fece dal vento del Nord portare in Segreta. Ciò vedendo, i suoi padri furono in gioia e allegria e, loro stessi, gli fecero portare offerte e doni.

A mente fresca, Marduk il potente contemplò il cadavere di Tiamat: ne tagliò l'essere per creare cose belle. Con il suo immenso potere, concessogli di nascita e dagli Dèi, ne aprì il suo me stesso creando nello spazio l'universo che si raccoglie, tagliò un pezzo della sua pelle, la tese e su essa insediò guardiani per impedire alle sue acque di erompere. Traversando allora il cielo ne ebbe gioia e ne apprestò sale da cerimonia per farne a modello dell'Apsu, la dimora di Enki il saggio. Marduk prese le misure dell'Apsu e a suo modello creò il grande tempio, l' Esarra. Questo grande tempio che ha edificato è il cielo! E là vi fece prendere posto ad Anu, Enlil, Ea. Avendo poi, dalle due parti del cielo, aperto grandi porte, vi pose solidi catenacci a sinistra e a destra. Nello stesso fegato di Tiamat vi sistemò alte zone celesti, poi fece apparire Nanna la luna alla quale affidò la notte, e quando ebbe assegnato il giorno a Shamas ebbe formato il giorno e la notte. Prese la bava di Tiamat dalla quale formò il vapore che fece scendere in tutto e che con tutto interagì. Poi prese l'occhio di Tiamat, il bello e il volenteroso, e ne fece la Terra. Ecco ciò che assegnò personalmente e ciò in cui tramutò. Dal fondo dell'occhio di

Tiamat un fiume fremeva, così ne aprì la pupilla e sgorgarono il Tigri e l'Eufrate. Lasciò che la Rete che aveva circondato e immobilizzato Tiamat e i suoi Dèi alleati tutto fissasse. Questo dispose colui che fissava il destino. Damkina sua genitrice ne ebbe il me stesso pieno di gioia.

9

Marduk, per cui tutti gli Anunnaki avevano parlato in suo favore, e a cui apparteneva la tavola dei destini, guardava ciò che lo circondava. Il caos non aveva un signore, e Marduk pretese di creare la via della necessità, ma Enki il saggio, suo padre, così parlò a Marduk:

"Tu Marduk che hai sconfitto Tiamat e che hai creato l'universo ora dimora degli Dèi. Che hai guardato l' Apsu, mia dimora, e che proferisci il destino, sta attento al me stesso di Tiamat dove caos e ordine sono la stessa cosa. Abbi timore di ciò che non conosci! Abbi timore di ciò da cui vieni!"

Ma Marduk era potenza senza uguali e il suo verbo non aveva caso. Così aprì bocca sulla tavola dei destini, stringendo nella mano la linfa vitale, e indispettendo i grandi Dèi, gli Anunnaki, così parlò Marduk sulla tavola dei destini stringendo nella mano la linfa vitale. Nulla si sa! Cosa accadde? Nulla si sa! Solo Enki sa! Fu lui a parlare sulla tavola dei destini? Nulla si sa! Ci fu scontro tra l'amato e saggio padre Enki e l'amato e potente figlio Marduk? Ma nulla si sa! Ma la tavola dei destini si ruppe in sette pezzi, in undici pezzi, in mille pezzi, in miriadi di pezzi, e i frammenti in tutto caddero, in tutto si posarono. Nulla si sa! Gli Dèi sanno? Nulla si sa. Lo splendore di Marduk fuoriuscì dal suo me stesso e pervase l'universo; il suo corpo giaceva a terra senza vita, e dal suo splendore sovrannaturale nacquero le stelle.

10

Quando ciò avvenne tutto ebbe una direzione, e i frammenti della tavola dei destini estrassero a sorte i domini dei grandi Dèi, gli Annunaki: Anu, il re degli Annunaki, era salito in cielo, Enlil, il sovrano degli Annunaki, aveva avuto la terra come dominio, e il chiavistello che serra il mare interiore era stato assegnato a Enki il saggio, il dimorante dell'Apsu. Ma tutto era cambiato. Non si sa perché! Nessuno sa! Forse Enki-Ea sa! Ma grande era allora l'indigenza degli Annunaki, pesante il loro lavoro, infinita la loro fatica: è allora che gli

Annunaki imposero agli Igigu il loro lavoro, un lavoro settuplo!

Per cento anni essi lavorarono. Per cinquecento anni essi lavorarono. Per novecento anni essi lavorarono. Per mille anni essi lavorarono. Nella piccola Terra essi lavorarono. Quando ebbero ammucchiato tutte le montagne, fecero il conto dei loro anni di lavoro.

Quando ebbero organizzato le grandi palude, fecero il conto dei loro anni di lavoro.

Compiangendosi l'un l'altro per il gran lavorare cominciarono ad avere l'anima, specchio ormai del me stesso divino, angustiata e così dicevano:

"Andiamo a trovare il signore, affinché ci sollevi dal nostro pesante lavoro! Il prode sovrano degli Dèi, venite andiamo a chiederlo a lui: a Enlil il prode andiamo a chiederlo a lui!"

Allora aprì bocca We e così si rivolse agli Dèi suoi fratelli, gli Igigu:

"Enlil il padre, il sovrano degli Dèi, venite andiamo a chiederlo a lui! Suvvia! Proclamate dunque la guerra, aggiungiamo la battaglia al combattimento."

Gli Igigu udirono il suo appello, e bruciarono i loro utensili, gettarono sul fuoco il mezzo della loro fatica, e le gerle nelle fiamme, in gruppo si recarono quindi alla porta del santuario di Enlil il prode.

11

Era la notte, verso la vigilia, e all'insaputa dei grandi Dèi gli Annunaki ecco il palazzo di Enlil circondato, ecco all'insaputa di Enlil l'Ekur, il suo palazzo, circondato! Ma Kalkal ne fu avvisato, manovrò il chiavistello e prima chiuse e poi ne sorvegliò la porta. Poi Kalkal svegliò Nuzka mentre aumentava il clamore degli Igigu. Nuzka svegliò il signore Enlil, che così ruppe il suo riposo:

"Il tuo palazzo è circondato, mio signore! Il combattimento si è propagato fino alla tua porta!" Enlil si fece portare le armi, poi aprì la bocca e si rivolse così a Nuzka suo paggio:

"Nuzka! Barrica la tua porta! Prendi le armi e mettiti ai miei ordini!"

Nuzka barricò la porta, prese le armi e si mise agli ordini di Enlil. Poi aprì la bocca e si rivolse ad Enlil il prode:

"Mio signore il tuo viso è collerico! Sono i tuoi stessi figli, che cosa temi? Manda a chiamare Anu, che lo si faccia scendere. Che si conduca anche Enki-Ea davanti a te!"

Enlil mandò dunque a chiamare Anu, che fu fatto scendere, e si condusse anche Enki al gran concilio. Mentre sedevano i grandi Annunaki, Enlil si mise in piedi: il dibattito era aperto. Enlil avendo dunque aperto la bocca si rivolse ai grandi Dèi:

"E' contro di me che si sono ribellati? Ebbene! Che conoscano la mia potenza: mi batterò! Oh Dèi, grandi Annunaki! Cosa ho visto con i miei occhi?! Il combattimento si è propagato fino alla mia porta!"

Anu allora aprì la bocca e così si rivolse ad Enlil il prode:

"La ragione per la quale gli Igigu hanno assediato la tua porta, che Nuzka esca per chiederla: incaricalo per questa missione presso i tuoi figli!"

Enlil aprì dunque la bocca e si rivolse a Nuzka, suo paggio:

"Nuzka, apri la tua porta, prendi le tue armi, e, davanti a tutti quegli Dèi raggruppati, và ad inchinarti, alzati, e ripeti le nostre parole: è Anu, vostro padre, che mi manda, e il vostro sovrano Enlil il prode, Ninurta il vostro signore, vi mandano a dire: chi dunque andrà a combattere? Chi uscirà in battaglia? Chi oserà fare la guerra?"

Nuzka allora, uscì, con le sue armi, e davanti a tutti questi Dèi raggruppati, ripeté dunque, parola per parola, le parole di Enlil.

12

"Troppo pesante era il nostro lavoro, infinita la fatica! Ecco perché noi gli Dèi al gran completo ci rivolgiamo armati ad Enlil. Gli Annunaki ordinavano, e noi ubbidimmo, giorno e notte abbiamo impegnato tutte le nostre forze nello smuovere la terra, nel creare paludi. Mentre gli Annunaki riposano, gli Igigu lavorano di una fatica infinita, e troppo pesante è il nostro lavoro. Ecco cosa ci spinge a recriminare a nostro signore Enlil: questo ci spinge!"

Nuzka riprese le armi e se ne andò a riferire queste parole a Enlil. Quando ebbe udito questo discorso a Enlil scesero le lacrime nel suo me stesso, poi si rivolse ad Anu il re:

"Signore degli Dèi, con te nel cielo, mantieni la tua autorità e fanne uso! Mentre gli Annunaki siedono in tua presenza, fai comparire uno di questi Dèi e che lo si destini ad un castigo supremo!"

Ma Ea aprì la bocca e si rivolse agli Dèi suoi fratelli, padri, figli:

"Perché li condanneremmo? Questo era il loro lavoro, infinita la loro fatica! Ogni giorno il loro grido d'aiuto era cosa penosa. Ma vi è un rimedio a ciò? Poiché Belet-ili, la Matrice, è qui, che fabbrichi un prototipo d'uomo! È lui che porterà il giogo degli Dèi. Chi porterà il giogo degli Dèi? È l'uomo che sarà caricato della loro fatica. In presenza degli Annunaki in concilio, e di Belet-ili la Matrice, fai comparire uno di questi Dèi e che lo si sopprima! Lo si sopprima per l'uomo! Poiché Belet-ili, la Matrice, è qui, è lei che metterà al mondo e creerà l'uomo per compiere il lavoro degli Dèi!"

Interpellando dunque la dea, domandarono alla levatrice degli Dèi, Mammi l'esperta:

"Sarai tu la matrice per produrre gli uomini? Ebbene! Crea il prototipo uomo: che porti il nostro giogo. Che porti il nostro giogo, che l'uomo si carichi del lavoro degli Dèi!"

Ma Nintu, avendo aperto la bocca, parlò ai grandi Dèi:

"Da sola non posso farlo, ma con l'aiuto di Enki, ciò è possibile. Enki, signore dell'Apsu che tutto purifica e che possiede il chiavistello delle acque interiori, che mi si porti dell'argilla adatta e io lo farò!"

Enki-Ea aprì allora la bocca:

"Io darò verbo alla purificazione con la parola del signore dell'Apsu darò il me stesso dell'Apsu, si immolerà un dio, con la sua carne ed il suo sangue Nintu mescolerà dell'argilla parte del me stesso di Tiamat: così saranno legati il dio e l'uomo, riuniti nell'argilla, l'uomo sarà parte del me stesso che tutto unisce, di quello che è, e di quello che non è. Con la carne divina sopravvivrà nell'uomo lo sputo che lo manterrà sempre vivo anche dopo la morte, e questo spirito esisterà per renderlo partecipe del me stesso. Preservati dall'oblio nostro signore!"

E i grandi Annunaki assegnatari e assegnati dal destino così parlarono:

"Si!"

Su ordine di Anu, suo sovrano, e di Enlil, suo signore, Nuzka prese le sue armi. Uscì e di fronte agli Igigu si inchinò, si rimise in piedi e a tutti loro ripeté le parole di Anu, re degli Dèi:

"E' Anu vostro padre che mi manda, e il vostro sovrano Enlil il prode, Ninurta il potente, chi è il condottiero del combattimento, il signore della battaglia, il dio che ha iniziato la lotta, portando fino a me il conflitto, così che il fragore si è propagato fino alla mia porta, e destatomi dal mio riposo?"

Il dio We, signore del combattimento, il curioso sopra a tutto, colui che naviga dove altri non osano, si fece avanti, e con Nuzka entrò al cospetto dei grandi Dèi, gli Annunaki. We fu immolato, nell'assemblea We fu immolato, ma non divenne un dio morto, con la sua carne e il suo sangue Nintu mescolò dell'argilla, affinché fossero la stessa cosa il dio e l'uomo riuniti nell'argilla. E grazie alla sua carne nell'uomo visse il me stesso che sempre vive. We non conobbe oblio, e la sua carne ne preservò l'uomo! Una volta che Enki ebbe proferito parola su quella argilla, chiamò gli Annunaki, i grandi Dèi, e gli Igigu, anch'essi grandi Dèi, i quali tutti sputarono sull'argilla. Poi Mammi aprì bocca e si rivolse ai grandi Dèi:

"Il lavoro che mi avete ordinato, io lo compio! Voi avete immolato questo dio con il suo me stesso, e io vi libero dal vostro pesante lavoro, imponendo la vostra fatica all'uomo. Rimuoverà il suo me stesso, la ricerca dell'autoconsapevolezza del me stesso lo spingerà! E quando l'uomo sarà creato, io avrò rescisso le vostre catene e sarete liberi!"

Quando ebbero udito queste parole, gli Annunaki riempirono il loro me stesso di gioia, mentre gli Igigu accorsero ad abbracciarle le ginocchia. Belet-ili, chiamata Mammi dai grandi Dèi e nominata Belet-Kala-ili quando ciò avvenne, entrò allora nella sala dei destini con Enki il signore delle acque sotterranee colui che dimora nell' Apsu, e là, essendo state radunate delle matrici, Ea impastò l'argilla sotto gli occhi di Nintu, signora di tutti gli Dèi Belet-Kala-ili, la quale ripeteva la parola proferita da Ea, in piedi davanti a lei. Quando la formula fu detta, allora Belet-Kala-ili staccò quattordici pezzi d'argilla e ne mise sette alla sua destra e sette alla sua sinistra, poi tagliò i cordoni ombelicali dei pezzi d'argilla. Sette avrebbero prodotto maschi e gli altri sette femmine, nella sala dei destini, davanti alla divina Matrice, artefice dei destini, si accoppiarono due a due con il benvolere di Ishtar. Così Mammi tracciò le regole del parto delle genti. Nintu, la Belet-Kala-ili, si trattenne là: ella contava i mesi di gravidanza fino a quando nella sala dei destini si annunciò il decimo (nono). Giunto il decimo (nono) mese ella alzò il bastone e scoprì il basso ventre: il suo viso brillava di gioia, e pieno ne era il suo me stesso! Ecco l'uomo!

L'uomo che è stato e l'uomo che sarà, ecco l'uomo in cui il me stesso si propaga. E così nacque l'uomo.

13

Quando l'uomo fu creato, l'uomo viveva e guardava, al suo sguardo il mondo ebbe un sussulto che essi stesi chiamarono realtà. La loro prospettiva cambiò tutto. Termini di paragone si crearono, e furono utilizzati. La prospettiva di ogni uomo cambiò tutto. Lo stesso me stesso di cui ogni cosa ne è partecipe si manifestò appena diverso e multiplo, il suo essere rimase uno ma la sua apparenza a sé stesso divenne multipla.

Essi procrearono, e i nuovi uomini costruirono nuovi picconi, nuove zappe, nuove frecce.

Spinti dalla ricerca dell'autoconsapevolezza del me stesso essi provvedevano alla loro fame e al cibo degli Dèi. Ma il loro riposare era diverso dal riposare degli Dèi, e così nacquero nuovi regni: i regni del sogno. In questi nuovi regni non un dio ne era signore, non un dio generato da nessuno dei grandi Dèi. Ma Anu, il re degli Dèi, riposava, Enlil, il signore della terra, dormiva, così Kalkal guardiano del palazzo di Enlil volle entrare in questo nuovo regno e ne fu sbalordito, per la prima volta ebbe contatto con il sogno e ne fu scosso. Non Kalkal insediò la sua residenza nel palazzo del regno del sogno. Kalkal tutto vedeva, ma niente comprendeva: cos'era intorno a lui? Cosa non era intorno a lui? Nulla comprendeva! C'era il colore? Non c'era il colore? Nulla comprendeva. Tutto sembrava chiaro ma nulla comprendeva. Le figure, il palazzo, le cose del regno del sogno avevano un me stesso? Nulla comprendeva! Così Kalkal tornò indietro, andò dal suo signore Enlil, ma prima che potesse svegliarlo così a lui, a Kalkal guardiano della porta del palazzo di Enlil, parlò Nuzka il paggio di Enlil:

"Il tuo me stesso, Kalkal, è titubante, cosa ti angustia potente guardiano della porta di Enlil? Lascia che il tuo signore Enlil riposi, ora che l'uomo è stato creato Enlil riposa, lascia che dorma! Apri la tua bocca e dimmi cos'è che ti angustia."

Così Kalkal parlò a Nuzka il potente paggio del suo viaggio nel regno del sogno, Nuzka ne ebbe stupore, e convocò gli Igigu, molti grandi Dèi Annunaki vennero e si tenne concilio. Fu inviato nel regno del sogno Erra il potente ma fu sconfitto! Da chi fu sconfitto? Nessun nome fu proclamato per il dimorante del palazzo del regno del sogno. Nuzka stesso affilò le sue armi, prese le sue armi ed andò a bussare alla porta del palazzo del regno del sogno, con il signore del sogno lottò, ma né lui né Nuzka fu sconfitto, ma Nuzka non poteva vincere e tornò indietro. Ma nessuno proferì nome per il signore del sogno. Enki il saggio, che tutto sa, si erse dunque di fronte alla porta del palazzo del signore del sogno. Il signore del sogno uscì dal suo palazzo, armato della scintillante armatura, stringeva nella mano potenti sortilegi e così parlò Ea-Enki:

"Tu che dimori nel palazzo del regno dei sogni dì a colui che dimora nell'Apsu, di cui il tuo palazzo ne è riflesso tra le nebbie, tutto quello che tu sai."

E così il signore del sogno rispose ad Enki-Ea:

"Io nacqui in questo palazzo, questo che tu vedi dietro di me, quando aprii gli occhi questo palazzo già esisteva, e il regno fuori era già mio. Qual è la mia materia, o Enki che tutto conosci? Voi Dèi che avete un nome e che riposate nei vostri palazzi, che portaste l'uomo che dorme, dimmi perché io non ho un nome?"

Enki-Ea rispose aprendo la bocca e proferendo parola:

"Il tuo me stesso è il me stesso che tutto è, ma è soffuso! Io, Enki, ho composto l'argilla su cui l'uomo è nato, la Matrice l'ha plasmato, io ne portai il fango dall'Apsu, da cui l'uomo fu creato, e con lui tu, tu che copi nell'Apsu. Se questo nuovo regno è il tuo regno, sconfiggimi nelle regole che in esso guardano tutto e niente!"

Così ebbe inizio lo scontro. Grande fu l'onda e immensa la scogliera. Ma l'inesperto e sfuggente signore del sogno infine fu sconfitto da Enki il saggio, e dal suo regno portato via. Nell'Apsu Enki-Ea imprigionò il signore del sogno.

14

Nergal fu mandato, ma il regno del sogno era ineffabile, soffuso, le mura del suo palazzo diventarono nebbia, e colà Nergal non poteva riposare. Allora Nanna-Sin fu mandato, ma Nanna-Sin non riusciva ad aprire le porte delle innumerevoli stanze del palazzo, a cogliere i frutti dai rami degli alberi in fiore del palazzo non ne era capace, e tornò indietro. Allora i grandi Dèi, i grandi Annunaki, crearono Nanshe, colei che governava il sogno. Nanshe vedeva le mura del palazzo, vedeva gli alberi da frutto, ma strano era quel mondo, ineffabili quelle forme, e Nanshe non fu capace a governare il sogno. Intanto il signore del sogno dalle carceri dell'Apsu, l'inferno, con le catene ai polsi, da là regnava nel suo regno, soffusamente creando nebbia in chi entrava nel suo regno, facendo perdere la via a coloro che entravano, così governava il signore del sogno dalle carceri. Gli uomini erano come annebbiati al loro risveglio. Come in una coltrice di nebbia essi vivevano, e in esso lavoravano, così che il frutto del loro lavoro divenne scarso, sempre più scarso, e gli Dèi non si saziavano più, i loro banchetti erano scarsi, le loro mense povere. Coloro che avevano deciso della creazione dell'uomo vennero a consiglio e così Iaki parlò:

"Noi abbiamo creato l'uomo affinché lavori, affinché noi possiamo mangiare e riposare, e l'uomo lavori per noi. Perché l'uomo non lavora? Perché il cibo non ci sazia e l'acqua non ci disseta?" Enki che tutto conosce tornò nelle sue dimore e liberò il signore del sogno che ritornò nel suo palazzo ma a cui non venne dato nessun nome. Nanshe, colei che di effimera bellezza era cosparsa, divenne messaggera del signore del sogno, e così, si aprirono le porte del palazzo, si spalancarono le finestre, e la nebbia ne fuoriuscì. Le mense degli Dèi si riempirono dei più buoni prodotti offerti dagli uomini, gli Dèi banchettarono riempiendo i loro me stessi di comodità e felicità, e gli uomini lavoravano, e sognando andavano a fare visita al signore del sogno, ognuno dal suo mondo e dalla sua porta, al signore del sogno che tutto accoglieva.

15

Gli uomini lavorarono per sette anni, per cento anni, costruirono nuovi picconi, nuove zappe, continuarono a lavorare, e provvedevano alla fame degli uomini e al cibo degli Dèi. Enlil, il signore della terra, si riposò, poggiò le sue armi e si addormentò. Milleduecento anni non erano passati che il territorio si trovò ampliato e il numero degli uomini moltiplicato in grande numero, come un toro che ruggisce, la terra alzò tanto la voce che Enlil, signore della terra, ne fu disturbato e non poteva dormire. Il brusio degli uomini disturbò Enlil: il riposo gli sfuggiva. Così Enlil si rivolse ai grandi Dèi:

"Il rumore degli uomini è divenuto troppo forte: non posso più dormire con questo rumore! Ordinate dunque a Namtar che porti l'epidemia , affinché Namtar ne diminuisca il rumore!"

Il flagello dell'epidemia si abbatté sugli uomini, e il loro prosperare ne fu sconvolto. Gli anni passavano e l'epidemia si abbatteva sugli uomini, così il silenzio venne ad Enlil, e si addormentò di nuovo. Ma sul destino di un uomo, il Grande Saggio devoto ad Enki e molto valente, Ea, suo padrone, vegliava. Il suo signore Ea lo accoglieva come interlocutore, e il Grande Saggio entrava al cospetto di Ea che con lui si intratteneva con piacere nel suo me stesso. Il Grande Saggio interlocutore di Enki! Il Grande Saggio aprì dunque la bocca e si rivolse al suo signore e interlocutore Enki:

"Quanto tempo questa epidemia durerà? Ci si imporrà fino alla fine questa peste?"

Enki, il saggio colui che nell'Apsu dimora, aprì la bocca e si rivolse al suo servitore:

"Convoca presso di te gli anziani e dì loro: "Anziani ascoltatemi! Giovani ascoltatemi! Anziani ascoltatemi! Ordinate ai banditore di proclamare a gran voce nel paese: "Non rendete più onore ai vostri Dèi! Non implorate più le vostre dee! Ma onorate soltanto Namtar: a lui solo portate il vostro cibo! Queste offerte gli piaceranno e, confuso da tanti doni, sospenderà la sua azione malefica." Allora il

Grande Saggio riunì presso di sé gli anziani, e, avendo aperto la bocca, rivolse ad essi le parole del dio Enki. Obbedendo a queste ingiunzioni, gli anziani costruirono in città un santuario per Namtar e ordinarono ai banditori di proclamare a gran voce nel paese la parola di Enki. Per Namtar solo furono le preghiere, per Namtar solo fu il cibo e queste offerte gli furono gradite e, confuso da tanti doni, sospese la sua azione malefica: l'Epidemia lasciò dunque il paese degli uomini, ed essi nuovamente prosperarono.

Ma milleduecento anni non erano ancora trascorsi che il territorio si ampliò e gli uomini si moltiplicarono. A somiglianza di un toro anch'esso uomo, il mondo degli uomini alzò la testa e ruggì tanto che Enlil, il signore della terra, ne fu disturbato nel suo riposare. Quando Enlil ebbe udito il rumore si rivolse ai grandi Dèi:

"Il rumore degli uomini è divenuto troppo forte: mi desta nel mio riposo, mi sveglia nel mio dormire! Che Adad riduca a nulla le sue piogge, e che la piena in basso non giunga più alla sorgente! Che i venti se ne vadano a rendere torrido il sole. Che i campi diminuiscano il raccolto, che Nisaba chiuda il suo petto."

Adad Lassù mitigava le piogge, in basso sbarrava i corsi d'acqua. Quando un anno passò e i prati erbosi si erano inariditi, quando giunse il secondo anno si svuotarono i granai, quando giunse il terzo anno tutti i tratti si erano alterati per l'inedia, quando giunse il quarto le genti occupavano sempre meno spazio e le matrici dei figli, legate, non portavano più figli, e gli uomini stretti nelle loro spalle camminavano, prostrati, per le vie, quando arrivò il quinto anno le figlie impedivano alle loro madri di entrare, e le madri non aprivano più la porta alle loro figlie, le figlie controllavano le granaglie delle madri, le madri quelle delle loro figlie, quando giunse il sesto anno si servirono le figlie come pasto e i figli come pietanza! Una casa divorava l'altra, i visi erano come coperti di malto, le genti non vivevano più che di un filo di vita. Ma il Grande Saggio, veneratore di Enki-Ea, a lui concesso di intrattenersi con il dio, ebbe il verbo e così si rivolse agli anziani:

"Anziani! Ascoltatemi! Ordinate ai banditori di proclamare a gran voce nel paese: "Non rendete più onore ai vostri Dèi, non implorate più le vostre dee! Ma onorate soltanto Adad: a lui solo portate il cibo! Queste offerte gli piaceranno e confuso da tanti doni sospenderà la sua azione! Al mattino farà piovigginare, e di notte di nascosto porterà la rugiada, e di tanto in tanto l'acqua verrà a noi, e i campi ritroveranno il raccolto e gli uomini disseteranno la loro sete."

Così si ordinò ai banditori di proclamare a gran voce nel paese, e i banditori proclamarono ciò. Ad Adad piacquero i tanti doni e la rugiada piacque agli uomini. E l'umanità riprese a prosperare. Ma settecento anni dopo il baccano del paese fu assordante e Enlil di nuovo si destò dal suo riposo. Adirato fu il suo me stesso, grande la sua ira e pieno di collera contro gli Igigu così disse loro:

"Noi tutti, i grandi Annunaki, abbiamo unanimemente preso un impegno: Anu e Adad sorvegliavano le regioni in alto, io, Enlil, sorvegliavo la terra in basso, poi è intervenuto Enki per liberare gli uomini dalla loro catene e permettere a loro di prosperare! Così se acqua vogliono gli uomini, che Adad apra la bocca delle acque celesti, che le acque si riversino nel mondo degli uomini, che Diluvio avvenga!"

Stanco di restare nel suo angolo, nel mezzo dell'assemblea degli Dèi, il riso colse Enki-Ea. Ed Enlil così continuò, colmo di ira:

"Noi Dèi tutti, i grandi Annunaki, noi avevamo unanimemente preso un impegno. Anu e Adad sorvegliavano le regioni in alto, io sorvegliavo la terra in basso. Tu sei allora intervenuto per liberare gli uomini, strappando le loro catene! Che sia Diluvio! Che gli Annunaki lo concedano e che gli Igigu lo eseguano! Io ho liberato voi, gli Igigu, dal vostro pesante lavoro, imponendolo agli uomini! Ma voi avete loro concesso il vociante brulicare, io non riposo e il me stesso è adirato! Che sia Diluvio e che gli uomini ritornino al nulla! Che ci sia giuramento!"

Ma in Enki il saggio si insinuò ira nel suo me stesso, e così intervenne nell'assemblea dei grandi Dèi, gli Annunaki:

"Coloro che furono creati per distogliere gli Igigu dal loro lavoro, a noi grandi Dèi gli Annunaki e agli Igigu hanno dato da mangiare. In un consiglio si immolò un dio per concedere loro il me stesso e ora in un concilio voi ordinereste la loro eliminazione? Voi vi lascerete convincere a decidere il loro ritorno al nulla? Perché mi volete legare con un giuramento? Posso io levare le mani contro l'argilla da me data? E questo Diluvio di cui voi parlate: che cosa è? Io lo ignoro! Tocca a me provocarlo? No! Il compito è di Enlil che decida e comandi: che Nergal strappi i puntelli delle paratie celesti, che Ninurta vada a far straripare le dighe in alto!"

Gli Dèi presero allora la loro decisione: e Enlil il prode comandò il Diluvio!

Anu tornò in alto, Enlil tornò a presiedere la terra, ogni dio tornò al suo posto, dal quale mai si era mosso, ed Enki tornò nell'Apsu. Quaggiù nell'Apsu Enki meditava nel suo me stesso, scuro si faceva l' Apsu e scuro il me stesso di Enki. Timoroso come il saggio è, senza paura come il saggio è. Più volte il Grande Saggio bussò alla porta del palazzo del signore dell'Apsu, ma stavolta non gli fu concesso di entrare, tumultuoso si fece il me stesso di Enki, fino a quando raggi di luce entrarono e con loro fu fatto chiamare il signore del sogno, colui che senza un nome concessogli dai grandi Dèi regnava nel regno del sogno degli uomini. Il signore del sogno, che mai sedette al concilio degli Dèi, venne da Enki, colui che lo aveva sconfitto e imprigionato prima e liberato poi, e con lui confabulò, e così si dispose!

18

Al Grande Saggio non si concesse di entrare nel palazzo di Enki-Ea suo signore, e ne fu colmo di tristezza, passando così giornate a domandarsi cosa avesse potuto fare per mandare in collera il suo signore. Ma non di collera si trattava, ma di zelo al concilio degli Dèi si trattava. Così Enki-Ea chiamò il signore del sogno, che trae il regno dai sogni degli uomini suoi benefattori e beneficiari, e così si dispose che se il Grande Saggio non poteva entrare nel palazzo dell'Apsu e che se Enki non poteva andare nel regno degli uomini, i due, il dio e l'uomo, si potevano incontrare nel regno del signore del sogno. E si trovò di fronte all'immenso Enki. Il Grande Saggio aprì bocca e nel sogno si rivolse al suo signore:

"Spiegami il significato di questo sogno, che io ne comprenda la portata e ne conosca le conseguenze."

E Enki avendo aperto la bocca si rivolse al suo servitore:

"Tu vuoi comprendere questo sogno dici. Allora ricorda esattamente il messaggio che ti lascio: Parete! Parete del palazzo del signore del sogno, ascoltami bene! Ricorda tutto quello che ti dico palizzata! Abbatti la tua casa per costruirti una barca! Separati dai tuoi beni perché essi non ti daranno vita! La barca che devi costruire coprila, affinché come nell'Apsu il sole non si veda all'interno. Sarà chiusa da tutti i lati, e la sua struttura dovrà essere solida, il calafataggio spesso e resistente, dopo ti farò piovere uccelli in gran numero e pesci in ceste!"

Enki aprì allora e riempì la clessidra, regolandola per l'arrivo del Diluvio, dopo sette giorni! Quando il Grande Saggio ebbe ricevuto queste indicazioni, svegliatosi, riunì davanti a se gli anziani e, avendo aperto la bocca, si rivolse a loro:

"Il mio dio non è più d'accordo con il vostro: Enki ed Enlil sono infuriati! Io sono devoto ad Enki, così egli ha deciso: non metterò più piede nella terra, regno del signore Enlil, così egli ha deciso!"

Così il Grande Saggio chiamò i carpentieri, i tagliatori di canne, e tutti costruirono l'arca così come Enki l'aveva descritta. Poi prese i suoi figli, il suo oro, le sue vesti, il suo argento, poi imbarcò nell'arca gli animali puri, poi gli animali grassi, e gli animali snelli li afferrò e li imbarcò. Tutto quello che uomo era e uomo sarà fu posto nell'arca. Poi quando la luna sparì, invitò le genti da lui generate ad un banchetto, e dopo aver imbarcato la sua famiglia si mangiò copiosamente e si bevve in abbondanza. Egli, nel frattempo, non faceva che entrare e uscire, senza mai sedersi, e nemmeno accovacciarsi, tanto era disperato e nauseato. Poi il tempo cambiò, e Adad sobbalzò il suo me stesso che sobbalzò Adad e così riecheggiò nelle nuvole: non appena si sentì il boato del dio, si portò il bitume per

chiudere il boccaporto, e fu chiuso appena in
tempo.

19

Adad tuonò tra le nuvole, tanto che un vento impetuoso al primo colpo ruppe gli ormeggi e liberò la barca. E fu tempesta. Le acque ararono il cielo e inzupparono la terra, la tempesta colpiva la terra, i vasi si ruppero in fragoroso rumore! E quando il Diluvio fu scatenato, l'anatema passò come la guerra sugli uomini! Nessuno vedeva più nessuno! Nulla era visibile né in terra né in cielo! Solo l'oscurità dell'acqua della tempesta era udibile, fragorosa! Il Diluvio muggiva come i tori di Tarhunta, e come un'aquila celeste il vento strideva. Profonde erano le tenebre. Il sole scomparso. Le genti morivano come mosche. Il fragore del Diluvio atterriva anche gli Igigu. Il me stesso di Enki era in collera vedendo i suoi figli travolti sotto il proprio sguardo. Nintu, la grande signora, Belet-Kala-ili che essi aveva creato, tradiva il proprio orrore dalle labbra, mentre gli Annunaki, i grandi Dèi, stavano là, prostrati da fame e sete. Grande era la loro indigenza, profonda la loro fame: nessuno lavorava più per loro! Alla fame Enki-Ea, il saggio, univa la collera nel sentire gli uomini scomparire nelle acque, mentre il signore del sogno chiudeva e serrava a chiave le molteplici stanze del suo palazzo. La dea Mammi, la levatrice divina, Belet-ili nominata Belet-Kala-ili dopo la creazione degli uomini, quando il suo me stesso fu colmo di tristezza così aprì la bocca e parlò:

"Sparisca questo giorno, possa tornare nelle tenebre! Ma io, nell'assemblea degli Dèi, come ho potuto con loro prendere una tale decisione? Enlil con il suo verbo ha reso vane le mie parole. Io avevo percepito l'invocazione d'aiuto degli uomini: senza che io potessi fare nulla, le mie progenie sono diventate come mosche abbattute. Come soffocare le mie grida in questa dimora di dolore? Gli uomini hanno riempito il mare come moscerini morti riempiono il piccolo fiume, come pezzi di legno eccoli ammucchiati! Come relitti eccoli accatastati. Vedendoli versavo lacrime, ora ho smesso di lamentarmi per loro!"

L'aver pianto le placò il me stesso! Così Nintu gemeva, e con lei gli Dèi piangevano la terra. La dea aveva sete di birra, e gli Dèi avevano sete di birra. Stremati dall'inedia. Sette giorni e sette notti continuarono tempesta, pioggia, e Diluvio.

20

Ma nella montagna più alta, nella cima più alta, la barca del Grande Saggio trovò approdo, e là si fermò. Così il Grande Saggio libò e si disperse ai quattro venti. Poi servì un pasto sacrificale per provvedere al nutrimento degli Dèi, cospargendo il fumo. Sentendo il buon odore gli Dèi si radunarono intorno al banchetto, come mosche! Ma avendo consumato, Nintu si rizzò in piedi e, davanti a tutti, si compianse:

"Da dove ci giunge, Anu re degli Dèi? E Enlil? Ha forse partecipato al banchetto?"

Poi avvicinandosi ad Anu proferì:

"Questa mia disperazione a causa loro, era dunque il mio destino! Che Anu mi sollevi dal mio sgomento e che mi illumini il viso! Che queste mosche nel mare creino una collana di lapislazzuli per il mio collo, e che possa ricordarmi in ogni momento di questo giorno!"

Ma quando Enlil il prode vide la barca, si riempì di rabbia nei confronti degli Igigu e disse:

"Noi tutti, i grandi Annunaki, avevamo deciso insieme di prestare giuramento. Perché dunque un essere vivente è scampato alla distruzione?"

Anu aprì la bocca e si rivolse ad Enlil il prode:

"Chi dunque, tranne Enki, colui che tutto sa, avrebbe potuto fare questo? Chi poteva svelare il nostro progetto?"

Ma Enki-Ea, il costruttore del palazzo sull'Apsu, aprì bocca e si rivolse ai grandi Dèi:

"Si! L'ho fatto contro la vostra volontà! Ho salvato l'uomo. Calmati, Enlil che tutto puoi, la pena da te scelta, è al vero colpevole che devi infliggerla, a chi ha disobbedito ai tuoi ordini! Ma era il signore del sogno in assemblea tra gli Dèi? Punisci la nebbia delle mura del suo palazzo! L'uomo fa il nostro lavoro, gli Igigu riposano con gli Annunaki, e l'uomo lavora, il me stesso ricercando il me stesso: noi mangiamo e riposiamo! Profonda è la nostra indigenza ora, senza l'uomo conosciamo indigenza, con l'uomo non c'era indigenza, gli

Igigu riposavano, gli Annunaki riposavano, ma ora di nuovo senza l'uomo noi siamo indigenti! Chi ha banchettato con le offerte del Grande Saggio? Anu ha banchettato? Enlil ha banchettato? La tavola dei destini si frantumò, e il me stesso plasmato. Che gli uomini lavorino per noi! Che il nostro me stesso negli uomini ci faccia riposare!"

Gli Annunaki, tutti riuniti, acclamarono il verbo di Enki e di Nintu che ripeté la parola di Enki, e così disposero: che all'uomo fosse concesso di vivere ancora, ma che si propagasse solo il me stesso e non la parvenza al suo me stesso, che Nintu, la Matrice, colei che arresta il destino, imponesse agli uomini la morte della parvenza, che al Grande Saggio, Utna Pistim, Uzuda, fosse concessa l'immortalità della parvenza e che ciò non sarebbe più accaduto in futuro, che gli Dèi si prendessero cura degli uomini e che gli uomini lavorassero per gli Dèi!